—

VIVE LE ROI,

QUAND MÊME!

PAR LE MARQUIS DE CHABANNES.

PARIS,

AUX BUREAUX DU RÉGÉNÉRATEUR,

Palais-Royal, galerie d'Orléans, n. 17, et passage
du Saumon, n. 27.

—

1831.

Le Roi, certes, est la vertu même,
Mais l'opposé fut-il le cas;
La loi veut, dans son nouveau thème,
Qu'il soit impeccable ici-bas (1).
Ainsi ce n'est point un problême
Sur qui j'établis mon système ;
Mais c'est sur la loi,
Et non rien de moi,
Que je pose et dis sans crainte et sans déloi :
Vive le Roi, *quand même !*

(1) Mais non pas ses ministres, ni, sous ce rapport, les actes de son gouvernement auxquels sont apposés son seing.

INTRODUCTION.

Vive le Roi, quand même !

En me servant de l'expression du roi *quand même*, j'ai eu plusieurs buts.

Le premier, de prouver ma fidélité au chef de l'état;

Le second, d'exposer les deux impressions que j'ai éprouvées et que chacun partage sans doute aujourd'hui, en ayant vu le début de notre révolution et le cours que les pitoyables conseils de la couronne lui ont donné;

Le troisième, de montrer la résistance qu'on doit opposer à l'arbitraire, et la peine que j'éprouve à voir disparaître une illusion qui m'était chère;

Le quatrième, de proclamer que c'est l'autorité légale, et non l'individu que des hommes indépendans doivent contempler.

Le cinquième, d'exposer mon système pour la régénération civile de l'homme et des nations.

Air *de la Parisienne.*

Ces trois tableaux (1) sont les symboles
De l'erreur, folie et raison,
Dont je vais en peu de paroles
Donner la définition.
Mais avant sachez mon système ;
Bravant constamment l'anathême
    De fourbes et fous,
    Méprisant leurs coups,
Je crie et crierai sans ployer les genoux
    Vive le Roi, quand même !

Croyant que la nature humaine
Allait, par son puissant appui,
Voir en tous lieux briser sa chaîne,
Tout en moi s'enflamma pour lui.
Mais bientôt ma douleur extrême
N'eut plus qu'à braver l'anathême
    De fourbes et fous,
    Et malgré leurs coups,
J'ai non moins crié sans plier les genoux,
    Vive le Roi, quand même (1) !

(1) Vus dans la treizième chanson.

Aujourd'hui je ne puis le taire;
Sans être du Roi l'ennemi,
Contre le plus vil arbitraire
Je combattrai non à demi
Et s'il le faut jusqu'à l'extrême;
Mais suivant toujours mon système,
      Et bravant les coups,
      De fourbes et fous,
Je crierai non moins, sans plier les genoux,
      Vive le Roi, quand même (2)!

Je ne saurais croire Philippe
Ingrat, parjure et sans vertu;
Il ne peut être un hypocrite,
N'en doutons point il est déçu.
Mais eût-il tous les torts lui-même,
Toujours fidèle à mon système,
      Et bravant les coups,
      De fourbes et fous,
Je crierais non moins, sans plier les genoux,
      Vive le Roi, quand même (5)!

Quelque faux comte de Joinville,

Sous l'incognito voyageant,
Avait, dit-on, dans une ville,
Autrefois changé son enfant ;
Serait-ce la vérité même,
Toujours fidèle à mon système,
Et bravant les coups,
De fourbes et fous,
Je crierais encor, sans plier les genoux,
Vive le Roi, quand même (4) !

Que m'importe le Roi qui règne,
Pourvu que fidèle à sa foi,
Nul arbitraire ne m'atteigne,
Et qu'il soit soumis à la loi ;
Car là s'arrête mon système
De dévoûment au Roi, quand même.
Au loin à jamais,
De tout cœur français,
De vouloir rentrer et vivre désormais
Sous un pouvoir suprême (5).

Je soutiens que la race humaine
Doit recouvrer enfin ses droits,

Et cesser d'être le domaine

Des prêtres ainsi que des rois.

Tel est en deux mots mon système,

Et sans lui plus de roi quand même.

Le pouvoir des lois

Doit d'un même poids

Frapper sur le peuple ainsi que sur les rois;

Voilà quel est mon thême (6).

(1) Aucun écrit qui ait été publié, n'a certes plus et mieux soutenu les intérêts de la branche d'Orléans, que ne l'ont fait les 36me, 37me et 38me livraison de l'ouvrage que je publie sous le titre *du Régénérateur*; livraisons qui ont paru le 30 juillet, les 3 et 7 août. Lorsque je tins ce langage, ce ne fut pas un instant pour encenser le pouvoir naissant, mais parce que je crus que l'aurore la plus brillante s'élevait pour la France, et que la régénération de l'espèce humaine, sous le règne d'un Prince nourri à l'école du malheur, ayant été à même de voir de près les hommes, et de juger la valeur des grandeurs de ce monde, allait prendre le plus magnifique essor.

Plus mon ardeur fut vive et sincère, plus donc je dus être cruellement désappointé et profondément affecté d'avoir vu plonger la France dans l'état d'avilissement au dehors, de confusion et de malheurs au dedans, où les conseils de la couronne l'ont successivement et de plus en plus enfoncé. Ah! que les Dupin, les Guizot, les Laffitte, les Sébastiani, les Perrier, sont coupables à mes yeux, non par intention, je suis trop impartial pour les en accuser, mais par leur miopisme et par l'excès de leur médiocrité.

(2) Il est improbable que le Roi puisse ignorer les vexations dont je suis devenu l'objet; mais il n'est pas de doute que de faux rapports lui auront été faits à ce sujet, et que mes efforts pour faire parvenir la vérité jusqu'à lui, et pour prévenir les calamités que je ne crois que trop prêtes à fondre sur ma patrie, lui ont été représentés sous un faux jour. Mais, quoiqu'il en soit, est-ce une excuse, au mépris de ses devoirs et de ses sermens, pour m'avoir laissé poursuivre en son propre nom, par des moyens aussi bas, aussi dégradans pour lui-même. Non! je ne céderai pas. . . . . . .

Les droits des citoyens valent les droits des rois,
Et doivent être égaux dans le temple des lois.
L'innocence et l'honneur courber sous l'injustice!!!
Jamais! cent fois plutôt mourir dans le supplice,
Qu'un seul instant fléchir sous l'abus du pouvoir:

Que chacun de nous fasse en ce jour son devoir.
Obéissons aux lois, soyons-en les esclaves,
Mais que la liberté n'ait plus d'autres entraves.
Philippe, j'en appelle encor à tes sermens :
Remplis tous tes devoirs, à ce prix mon encens.

(3) Nous devons toujours respecter la personne du Roi, mais non les actes que la loi n'attribue qu'à son gouvernement. Ah ! que ses ministres sont coupables envers la France, envers lui-même, envers l'espèce humaine entière ! Les droits du peuple méconnus, foulés aux pieds, s'être fait un jeu de flatter et d'écraser tour à tour ses créateurs, ses plus dévoués amis, avoir allumé tous les flambeaux de la discorde parmi les Français, avoir enfoncé la France dans un bourbier d'humiliation, de dégradation, d'avilissement dont les règnes les plus désastreux de notre histoire n'ont jamais approché, ne sont encore qu'une faible partie de l'accusation que tout citoyen français aura le droit de porter sur eux à la barre de la Chambre des Députés.

(4) L'absurdité de ce roman, quoiqu'établi sur un acte judiciaire, est trop évidente pour qu'on puisse attribuer cette citation à aucun autre motif que celui de la conclusion que j'ai voulu en tirer, et que rend clairement le couplet qui suit immédiatement.

(5) En vérité, quand après notre révolution de juillet on ne cesse d'insérer dans le *Moniteur* les plats discours et les sottes réponses que le même commis a presque toujours fabriqués ; quand on voit le trône entouré de nouveaux et certes encore plus plats courtisans que sous Charles X même ; en un mot, quand on suit la marche du ministère, qui n'est pas justifié à croire que l'unique but de ceux qui se sont emparé de cette révolution est d'en faire leur profit, et qu'ils ont sacrifié l'honneur, l'intérêt, la gloire, le bonheur de la nation et tous les peuples de l'Europe à leur méprisables égoïsme ?

(6) J'en avais conçu l'espoir, je le soutiens encore, je l'ai imprimé vingt fois. Que Philippe se soit mis à la tête du mouvement qui porte les peuples à recouvrer leurs droits usurpés par l'abus du pouvoir des rois, sacrifiés par l'ambition et les intérêts du prêtre, etc., etc. ; et il eût été, il pourrait devenir encore le plus grand et le plus puissant des rois, Mais les dix mois qui se sont écoulés ont horriblement changé sa position, et, à l'extérieur comme à l'intérieur, les difficultés se sont tellement accrues, que peut-être elles ne pourraient plus être surmontées par lui.

Vexations et Actes arbitraires de la Police et du Ministère-public, faisant suite à celles exposées dans la XIIIᵉ Livraison.

Ce 7 au soir.

Un nouveau colporteur a été arrêté au Pont-Neuf aujourd'hui à une heure, conduit au poste de la Madeleine, ensuite chez le commissaire de police au Carrousel, escorté par des agens de la police et entouré de gardes de la ligne ; on l'a relâché après cinq heures et demie de détention. Quand il réclamait d'être expédié, on lui a répondu qu'il était payé par le marquis de Chabannes et avait le temps d'attendre, etc. Il a été insulté par les agens de la police de la manière la plus grossière. On l'a enfin renvoyé, gardant les écrits et l'étendard dont il était porteur ; il a demandé un reçu, on n'a pas voulu le lui donner....

Où s'arrêteront de pareilles indignités ? O malheureuse France ! est-ce là ce que tu devais attendre sous un roi élu ! C'en est trop mais....

Il faut bon gré malgré qu'ils me rendent justice,
Et que tout magistrat à nos lois obéisse.
Qu'il respecte nos droits et notre liberté ;
La Charte doit pour tous être une vérité.

La transcription des deux lettres qui suivent me dispense d'entrer dans plus ample détail, et leur publicité forcera indispensablement la Police et le Ministère public de renoncer à leur coupable arbitraire, et de respecter les droits garantis à tout citoyen par la charte et par les sermens du roi.

A M. le Préfet de Police, ce 8 juin 1831.

« Monsieur,

» J'ai l'honneur de vous prévenir et de vous rendre plainte de ce qu'un de mes colporteurs, nommé *Devaux*, fut encore arrêté hier, détenu cinq à six heures, tant au corps-de-garde que chez un commissaire près du Carousel ; qu'il fut relâché de sa personne, mais que les écrits et l'étendard dont il était porteur, ont été retenus. Que deviennent, Monsieur, tous ces procès-verbaux dressés pour le prétexte, et restés sans suite ? où sont les écrits ainsi *volés ?* Excusez l'expression, mais c'est le fait, puisque c'est en contravention à la loi que plusieurs milliers ont été retenus, soit par vos subordonnés, soit dans vos propres greffes, les uns et les autres ne s'étant pas trouvés au greffe de la police correctionnelle. Pouvez-vous ne pas frémir, Monsieur, de toutes les malversations que vous laissez ainsi commettre, et dont vous fûtes vainement instruit!

» C'est devant la Chambre des Députés, Monsieur, que seront portés ces attentats aux lois et aux droits des citoyens, garantis par la Charte et les sermens du Roi. Soyez certain, Monsieur, que ni vous ni M. le procureur du Roi ne les auront pas commis ou laissé commettre impunément. »

P. S. « Je vous préviens en même temps, Monsieur, que, sous le prétexte que les colporteurs ne doivent pas stationner constamment à la même place ; vos agens de police poursuivent et vexent sans cesse tous ceux que j'emploie, de la manière la plus tyrannique et la plus répréhensible. Mettez un terme, Monsieur, à ces vexations aussi révoltantes qu'intolérables.

» J'ai l'honneur d'être, etc.

» CHABANNES. »

A M. le Préfet de Police.

Ce 9 juin 1831.

Monsieur,

J'ai l'honneur de vous informer de nouveau que le nommé Mercier a été arrêté à la place du Châtelet par un sergent de ville, conduit au poste de la place et renvoyé par le sergent de la garde municipale, ses papiers ayant été trouvés en règle. Deux heures après, il fut arrêté de nouveau par deux autres sergens de ville au marché des Innocens et conduit au poste voisin, où il fut détenu quatre heures, et eut une attaque d'épilepsie, à laquelle ce malheureux est sujet, attaque occasionée, sans doute, par ces vexations. Il fut interrogé deux fois par le Commissaire, et renvoyé après tant de souffrances.

Ces deux inspecteurs de police lui ont dit en propres termes : « Tous ceux qui vendent les écrits du marquis de Chabannes sont notés à la Police, et vous ne savez pas ce que vous faites en débitant ses écrits, qui ne sont faits que pour exciter des troubles et des rassemblemens ; il mériterait, ainsi que vous, d'être envoyé à Bicêtre.

Jusques à quand, Monsieur, autoriserez-vous ou tolérerez-vous ces persécutions, ces vexations, ce véritable scandale ? Quant à moi, je vous déclare que je les dénoncerai aux Chambres, et qu'en attendant, je ferai imprimer chaque jour les lettres que j'aurai l'honneur de vous écrire pour vous instruire de ces méfaits et vous en demander le redressement.

J'ai l'honneur d'être, etc.	CHABANNES.

Ce 10 juin, 2 heures après-midi

Ayant reçu ce matin la lettre qui suit,

« Le Procureur du Roi invite M⁺ Chabannes à se
» rendre au Parquet au Palais de Justice, le 10 de
» ce mois, pour affaire qui le concerne. »

Je me rendis à une heure au Palais de Justice. Je commençai par monter chez M. le juge d'instruction Rigal, chargé de suivre la plainte que j'avais rendue pour vol avec fracture commis à mon bureau du Palais-Royal, pour lui remettre les informations ci-après ; mais ce magistrat me dit qu'il n'en était plus chargé et qu'elle était entre les mains de M. Dieudonné qui, ayant été chargé de diverses plaintes rendues par moi ou contre moi, avait déjà des connaissances qui pourraient l'assister dans la poursuite de celle-ci. je descendis dans le cabinet de ce second juge, auquel je remis la pièce suivante :

A M. le Juge d'instruction.

Ce 10 Juin 1831.

« Monsieur,

« Pour vous mettre à même de remonter aux au-
teurs ou au moins aux complices du vol commis avec
fracture, dont vous êtes saisi de la plainte,

« J'ai l'honneur de vous informer que le nommé
Daubemont, portier, demeurant allée du pâtissier, n. 9,
rue de Richelieu, est l'homme qui a mis, par l'ordre
d'un inspecteur du Palais-Royal, les volets à mon
bureau ; que deux inspecteurs furent présens à l'opé-
ration.

» Il vous sera facile de vous procurer par eux le nom
du serrurier qui a apposé les fermetures aux volets et
le cadenas, qui n'avaient été mis que pour m'en in-
terdire l'entrée, ainsi que j'en fournirai la preuve devant la Cour d'assises. Il vous sera pareillement facile
de remonter aux coupables dont les ordres sont
émanés. »

Il joignit cette lettre au dossier, et comme il était
occupé, je me retirai. Je remontai au greffe, pour
demander si l'ordre était arrivé de me restituer les
objets si injustifiablement retenus. Il m'y fut répondu que non. Je descendis alors au parquet, où

M. Perrot de Chezelle, ce fameux substitut aux menaces et aux accusations, me dit qu'ayant réclamé deux individus, il me prévenait que je devais présenter ma requête, et déposer 5oo francs pour la caution de chacun d'eux, et qu'ils seraient alors mis en liberté.—Je lui répondis, le tribunal la leur rendra : je me borne à demander à accélérer l'affaire.—Elle est en instruction : ils criaient les horreurs et les indignités de la Police ; et nous ne pouvons laisser ainsi insulter les autorités. — Pourquoi les commettez-vous, répliquai-je? Je vous déclare que je publierai à l'avenir tous les actes arbitraires que vous déploierez contre moi. — Vous voulez donc nous forcer à vous poursuivre ? — Je ne redoute nullement vos accusations; les tribunaux m'en ont fait et m'en feront justice; et, si vous pouvez vous oublier jusqu'à ce point, *ce sera le commencement de la fin*. Je réclame, ajoutai-je, les objets injustement saisis et illégalement détenus jusqu'à ce jour. —J'en ai demandé la liste à M. Noël, me dit alors M. le Substitut. Je remontai chez le greffier, qui me répondit n'avoir reçu aucune pareille demande. Je redescendis auprès de M. le Substitut, pour lui reprocher ce petit écart de sa candeur et de la vérité ; mais la place me manque et je dois finir. Voilà comme la justice se rend aujourd'hui!...

LE RÉGÉNÉRATEUR

Est le titre d'un ouvrage réligieux, moral, historique, philantropique, dédié à la gloire des rois et dévoué au bonheur de l'homme, et non pas un journal; délivré par livraisons, dont 38 ont paru, 12 restent à publier. Le prix de la souscription est de 12 francs. L'*Epître au roi Charles X*, 2 fr.

Pour déjouer les continuelles vexations de la police et lui ôter jusqu'au prétexte de mettre entraves aux vérités que je publie, en dépit du furibond banquier, du facétieux ministère public, et de l'ingénu maître Vivien, j'ai adopté de chanter leurs prouesses; quoique jusqu'à présent les sons de ma lyre ne paraissent point avoir été des plus agréables à leurs chastes oreilles, je dois candidement avouer que ce fut le moindre de mes soucis, et que je suis moins disposé que jamais à en radoucir le ton.

Huit chansons ou écrits semblables au modèle que vous avez sous les yeux, et composant de 130 à 150 pages d'impression, forment une série. La souscription est d'un franc et demi franc de port. On s'abonne à Paris aux bureaux du Régénérateur; en province, chez tous les directeurs des postes. Cette extrême modicité du prix portera sans doute chacun à en faire un essai. Un écrit des plus intéressant, publié ce jour même, termine la seconde série. La troisième commencera les premiers jours de juin.

Toutes lettres doivent être affranchies.

IMPR. DE BELLEMAIN, RUE SAINT DENIS, N. 203.